Der Bücherbär

Sammelband

Ingrid Uebe,
ist in Essen geboren und wohnt heute in Köln.
Seit 1977 schreibt sie – neben ihrer Tätigkeit als Journalistin
für Tageszeitungen und Rundfunkanstalten – Kinder- und Jugendbücher.

Maria Wissmann
ist 1961 in Berlin geboren und dort aufgewachsen.
Sie studierte Graphik-Design an der
Hochschule der Künste Berlin.
Seit 1988 ist sie als freischaffende Graphikerin tätig
und illustriert Kinderbücher und Bildgeschichten
für das Fernsehen.

Ingrid Uebe

Rudi Vampirs Abenteuer

Drei Geschichten für Erstleser

Mit farbigen Bildern
von Maria Wissmann

Sammelband:
Rudi Vampir beißt sich durch
Rudi Vampir fliegt aufs Schloss
Rudi Vampir beim Zahnarzt

EDITION BÜCHERBÄR

In neuer Rechtschreibung

1. Auflage 2004

Einband und Innenillustrationen: Maria Wissmann
Gesamtherstellung: Westermann Druck Zwickau GmbH
ISBN 3-401-08505-0

Inhalt

Ingrid Uebe

Rudi Vampir beißt sich durch

Mit farbigen Bildern
von Maria Wissmann

1. Kapitel

Abends um acht machte sich
Rudi Vampir auf den Schulweg.
Abends um acht?
Ja, natürlich, abends um acht!
Den ganzen Tag
hatte er geschlafen
wie alle Vampire.
Zwölf Stunden lang
hatte er gemütlich
im Sarg gelegen
und vor sich hin geschnarcht.

Jetzt wurde er munter.
Der Abend war
herbstlich und kühl.
Die Sonne war
längst untergegangen.
Rudi Vampir
pfiff vor sich hin.
Er ging gern zur Schule.
Lernen machte ihm Spaß.
Außerdem hatte er
einen sehr netten Lehrer.
Der hieß Bodo Beißmich
und er war natürlich
auch ein Vampir.
Rudi pfiff lauter.
Er freute sich schon
auf Herrn Beißmich.
Der lobte ihn häufig.

R+J

Rudi war nämlich
ein guter Schüler.
Nur mit den Hausaufgaben
haperte es.
Er vergaß leider oft,
dass er welche aufhatte.
Rudi Vampir
hörte plötzlich auf zu pfeifen.
Ihm war eingefallen,
dass er zu Hause
einen Aufsatz aufgehabt hatte.
Einen Aufsatz mit der Überschrift
„Draculas Gebiss“.
Und ein Bild dazu hatte er
auch malen sollen.
Oh, so ein Mist!
Beides hatte er glatt vergessen.
Na, nun war es zu spät.

Ach was, dachte Rudi Vampir.
Ein richtiger Vampir
beißt sich schon durch.
Er konnte nur hoffen,
dass er mit den Hausaufgaben
nicht drankam!

2. Kapitel

In der ersten Stunde
hatten sie Zahnpflege.
Alle Kinder
holten ihre Zahnbürsten
aus dem Ranzen.

Und Herr Beißmich
zeigte ihnen,
wie sie ihre Zähne
bürsten mussten:
die Backenzähne,
die Schneidezähne
und ganz besonders
die Eckzähne.
„Auf und ab!“,
sagte Herr Beißmich.
„Hin und her!
Schnell und doch gründlich!
Mindestens drei Minuten
an einem Stück!“

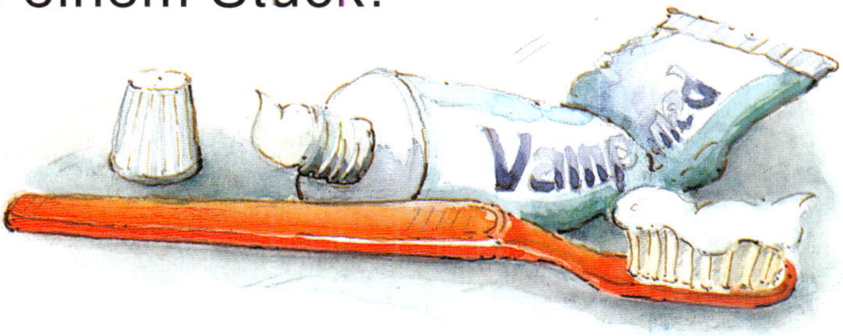

Alle taten ihr Bestes.
Rudi auch.
Zahnpflege war
sein Lieblingsfach.
Eigentlich hätte Herr Beißmich
in dieser Stunde
die Hausaufgaben
nachsehen müssen.
Zu Rudis Freude tat er das nicht.

3. Kapitel

In der zweiten Stunde
hatten sie Fliegen.
Sie gingen dazu in die Turnhalle.
Da war viel Platz
und sie konnten
trotzdem nicht wegfliegen.
Rudi Vampir
flog schneller und höher
als alle andern.
Herr Beißmich sagte:
„Das machst du sehr gut!“

Zum Schluss hängte sich Rudi
mit dem Kopf nach unten
an die Ringe.
Er schaukelte
wie verrückt hin und her.

Herr Beißmich sagte:
„Was soll der Unsinn?
Du bist doch keine Fledermaus!
Verwandeln haben wir erst
in der dritten Stunde.“
Aber die anderen Kinder
lachten und klatschten
und wollten auch alle
an die Ringe.
Es dauerte lange,
bis sie Herrn Beißmich
wieder gehorchten.

4. Kapitel

Nach der Flugstunde war
große Pause.
Herr Beißmich
verteilte Strohhalme
und kleine Flaschen
mit rotem Saft.
Denn Lernen macht durstig
und Fliegen erst recht.
Hunger hatten die Kinder auch.
Alle packten ihr Pausenbrot aus
und liefen schnell
auf den Schulhof.

Der Mond schien hell.
Doch in den Ecken
war es schön dunkel.
Da konnten sie herrlich
Verstecken spielen.
Sie zählten ab:

„Eins, zwei, drei, vier,
hier kommt ein Vampir.
Du kriegst einen Schreck
und schon bist du weg."

Rudi Vampir blieb übrig
und musste suchen.
Er fand alle,
die sich versteckt hatten.
Ganz zum Schluss
fand er Igittchen.
Igittchen Beißmich.
Sie war
die Tochter des Lehrers.
Eigentlich hieß sie Brigittchen.
Rudi Vampir konnte sie
besonders gut leiden.
Sie hatte
die schönsten Augen
und die schärfsten Zähne
der Welt.
Er hätte sie gern
als Freundin gehabt.

Aber Igittchen war wütend,
weil er sie zum Schluss
noch entdeckt hatte.
Jetzt musste sie suchen.
Und dazu hatte sie
gar keine Lust.
„Wir können auch
was anderes spielen!“,
rief Rudi.
Aber da klingelte es
und sie mussten wieder
ins Klassenzimmer zurück.

5. Kapitel

In der dritten Stunde
hatten sie Verwandeln.
Da zeigte ihnen Herr Beißmich,
wie man sich
in eine Fledermaus verwandelt.
Er hob die Arme und wedelte
mit den Händen.

Dazu sprach er:

„Husch – husch,
piep – piep!
Ein Flattertier
fliegt um das Haus.
Piep – piep,
husch – husch!
Erst ein Vampir,
dann Fledermaus.“

Schon war Herr Beißmich
verschwunden.
An seiner Stelle stand jetzt
eine große Fledermaus.
Sie flatterte bis zur Decke
und hängte sich an die Lampe.
Sie schlug mit den Flügeln
und sprach:

„Piep – piep,
husch – husch!
Es fliegt ums Haus
ein Flattertier.
Husch – husch,
piep – piep!
Erst Fledermaus
und dann Vampir.“

Schon war die Fledermaus
verschwunden.
An ihrer Stelle hing
Herr Beißmich an der Lampe.
Nach einer Weile
glitt er sacht auf den Boden.
Rudi hatte alles
auf Anhieb kapiert.
Schon flatterte er als Fledermaus
durch die Klasse.

Herr Beißmich lobte ihn wieder.
Die anderen Kinder brauchten
ein bisschen länger,
um sich in Fledermäuse
zu verwandeln.
Nur Igittchen war
ebenso fix wie Rudi.
Wahrscheinlich hatte sie vorher
mit ihrem Vater geübt.

6. Kapitel

In der letzten Stunde
hatten sie Sachkunde.
Da sprachen sie
über das Blut.
Herr Beißmich fragte:
„Warum ist Blut
für Vampire so wichtig?“
Rudi meldete sich.

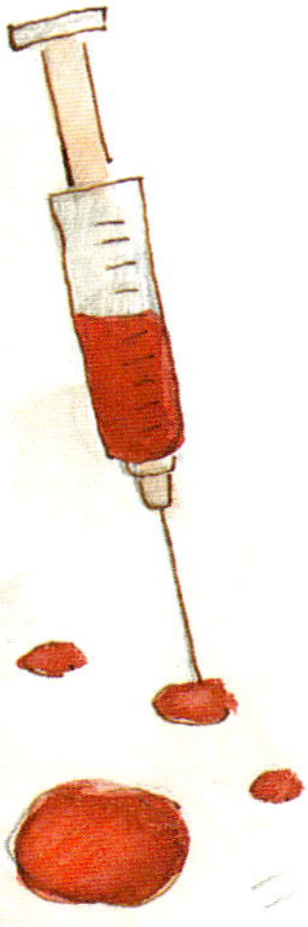

„Ohne das Blut
können Vampire
nicht leben“,
sagte er laut.
„Blut ist nahrhaft
und lecker.
Frisch schmeckt es
am besten.
Aber man kriegt es auch
luftdicht verpackt
in Dosen und Flaschen.“

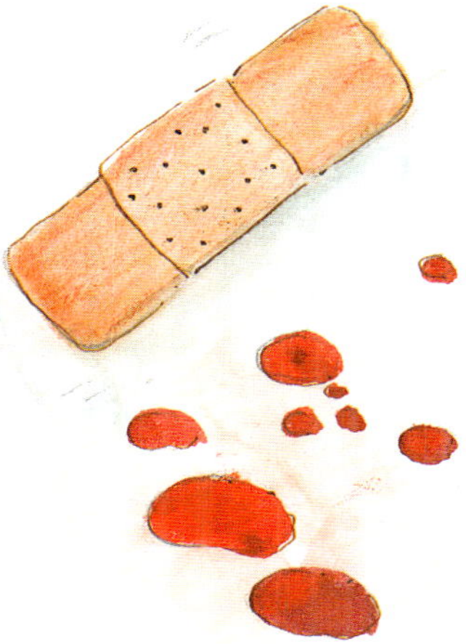

Herr Beißmich nickte.
„Gut!“, sagte er.
„Das geht ja bei dir
wie am Schnürchen.
Jetzt sag mir noch:
Haben alle Leute
das gleiche Blut?“

„Nein“, antwortete Rudi.
„Es gibt süßes Blut
und salziges Blut,
helles und dunkles,
dickes und dünnes.
Man sieht es den Leuten nicht an.
Man merkt es erst
nach dem Beißen.“
„Auch das ist richtig“,
sagte der Lehrer.
„Doch da fällt mir ein,
ich muss eure Hausaufgaben
noch nachgucken.
Das hätte ich fast vergessen.“
Rudi suchte
in seinem Ranzen herum.
Aber natürlich fand er darin
keine Hausaufgaben.

Herr Beißmich schimpfte:
„Deine Schlamperei
habe ich nun satt.
Heute lasse ich dich
zwei Stunden nachsitzen.
Da kannst du
den Aufsatz schreiben
und das Bild dazu malen.“
Rudi Vampir senkte den Kopf.
Alle Kinder guckten ihn an.
Igittchen kicherte.

7. Kapitel

Bald darauf klingelte es
und die Schule war aus.
Alle stürmten vergnügt
in die Nacht.
Nur Rudi Vampir musste bleiben.
Herr Beißmich sagte:
„Ich lasse dich jetzt allein.
In zwei Stunden sehe ich nach,
ob du fertig bist."
Er ging hinaus und schloss die Tür
hinter sich ab.

Herr Beißmich
stieg die Treppe hinab.
Er wohnte nämlich
unten im Keller.
Rudi Vampir machte sich
an die Arbeit.
Zuerst schrieb er den Aufsatz.
Dann malte er das Bild.
Beides ging ihm
flott von der Hand.
Er war fertig,
lange bevor die zwei Stunden
herum waren.
Da legte er die Füße
auf den Tisch und wartete
auf seinen Lehrer.
Aber der kam nicht.
Er kam und kam nicht.

Zuerst hatte Rudi nur Langeweile.
Dann wurde er ungeduldig.
Und schließlich bekam er Angst.
Denn wenn die Sonne aufging
und er saß immer noch hier,
hatte sein letztes Stündlein
geschlagen.
Es gab weder Vorhänge
noch Rollläden.

Rudi lief zum Fenster.
Er sah einen blassen Lichtstreif
am Horizont.
Es wurde langsam hell.
„Hilfe!“, schrie Rudi.
„Die Sonne geht auf!
Ich muss hier raus!
Ich will nach Hause!“
Mit beiden Fäusten
hämmerte er gegen die Tür.

8. Kapitel

Ja, wo blieb denn Herr Beißmich?
Warum kam er denn nicht?
Also wirklich, das war allerhand!
Herr Beißmich hatte
gut und reichlich gegessen:
Tomatensuppe und Brot
mit Blutwurst.
Dann war er müde geworden
und hatte sich in seinen Sarg gelegt.
Nur ein Nickerchen
hatte er machen wollen.

Aber dann war er
fest eingeschlafen
und nicht mehr aufgewacht.
Niemand hatte ihn aufgeweckt.
Seine Frau war
für ein paar Tage verreist.
Und seine Tochter Igittchen
war froh,
dass er schlief.
Im Fernsehen kam nämlich
ein spannender Gruselfilm
mit Gespenstern.
Den wollte sie
unbedingt angucken.
Keiner von beiden dachte
an Rudi Vampir.
Herr Beißmich träumte
und Igittchen sah fern.

Der Traum war sehr schön
und der Film sehr spannend.
Vater und Tochter merkten nicht,
dass es hell wurde.

9. Kapitel

Rudi Vampir schrie
immer lauter.
Er hämmerte
immer heftiger
gegen die Tür.
Der blasse Lichtstreif
am Horizont färbte sich rot.
Herr Beißmich schnarchte
und hörte nichts.

Igittchen dachte zuerst,
dass das Geschrei
und das Hämmern
aus dem Fernseher kämen.
Aber der Gruselfilm
war gerade vorbei.
Da horchte Igittchen auf.
Sie ließ das Fernsehen
Fernsehen sein.
Sie flitzte nach oben,
wo Rudi Vampir um Hilfe schrie
und gegen die Tür hämmerte.
Da begriff Igittchen,
was los war.
„Hilfe!“, schrie Rudi.
„Die Sonne geht auf!“
Er rüttelte an der Türklinke.
Igittchen rüttelte auch.

Sie rüttelten beide,
Rudi von innen,
Igittchen von außen.
Aber die Tür ging nicht auf.
„Halt aus!“, rief Igittchen.
„Versteck dich,
so gut du kannst!
Ich hole den Schlüssel!“
Sie flitzte hinab in die Wohnung.
Es war keine Zeit
ihren Vater zu wecken.
Zum Glück lag der Schlüssel
neben dem Bett
auf dem Nachttisch.

Igittchen ergriff ihn
mit zitternden Händen
und flitzte wieder hinauf.
Rudi saß unter dem Tisch
und zog sich den Ranzen
über den Kopf.
Er klapperte mit
sämtlichen Zähnen.
Der rote Lichtstreif
am Horizont färbte sich golden.
Da ging die Tür auf.
„Los, komm!“, rief Igittchen.
Sie packte Rudi am Arm
und stürzte mit ihm hinaus.

10. Kapitel

Igittchen und Rudi sprangen
die Treppe hinab,
immer zwei Stufen auf einmal.
In der Wohnung war es
schön dunkel.
„Gerettet!“, sagte Igittchen.
„Ja, aber knapp!“, nickte Rudi.

Er klapperte immer noch
mit sämtlichen Zähnen.
„Du hast ja Schüttelfrost“,
stellte Igittchen fest.
„Du gehörst ins Bett!“
„In welches Bett?“, fragte Rudi.
„Komm mit!“, sagte Igittchen.
„Wir haben ein Gästezimmer
mit einem bequemen Klappsarg.“
Rudi dachte nach.
„Aber dein Vater!“,
sagte er zögernd.
„Wird es ihm recht sein?“
Igittchen lachte und antwortete:
„Natürlich wird es ihm
recht sein!
Bestimmt ist er froh,
dass du noch lebst.“

Da folgte ihr Rudi
ins Gästezimmer
und legte sich in den Klappsarg.
Igittchen deckte ihn zu.

Sie ging in die Küche
und holte ihm
Brot mit Blutwurst,
dazu ein großes Glas roten Saft.
Rudi schmeckte es gut.
Igittchen saß neben ihm
auf der Sargkante
und schaute ihm zu.
Rudi fragte:
„Bist du jetzt meine Freundin?“
„Klar!“, antwortete sie.
„Ich habe dir schließlich
das Leben gerettet.“
Rudi fragte:
„Singst du mir noch
ein Schlaflied?“
Igittchen dachte
einen Augenblick nach.

Dann sang sie:

„Schlaf, Rudi, schlaf!
Da draußen steht ein Schaf.
Ein hübsches, kleines weißes.
Und wenn du noch nicht
schlafen kannst,
dann geh hinaus und beiß es!“

Sie hielt sich die Hand
vor den Mund und kicherte.
Rudi kicherte auch.

Dann sagte er:
„Bleib doch bei mir!
Neben mir ist noch viel Platz.“
Da kletterte Igittchen
zu ihm in den Klappsarg.
Eine Weile flüsterten sie noch,
dann waren sie still.
Als die Sonne
hoch am Himmel stand,
schliefen sie beide –
Igittchen Beißmich
und Rudi Vampir.

Rudi Vampir fliegt aufs Schloss

1. Kapitel

Um Mitternacht kam Rudi Vampir
aus der Schule.
Er hatte fünf Stunden gehabt.
Das reichte ihm auch.
Jetzt war er sehr hungrig.
Er freute sich
auf sein Nachtessen.
Leider waren seine Eltern
schon ausgeflogen.
Wer weiß, wohin.

Auf dem Küchentisch
lag ein Zettel:

Rudi seufzte und hob
den Deckel vom Topf.
Na klar!
Blutsuppe mit Markklößchen.
Die war
gestern übrig geblieben.
Frisch schmeckte sie gut,
aufgewärmt weniger.
Außerdem war
nicht mehr viel da.
Von den paar Löffeln
wurde ein kleiner Vampir
nach der Schule
auf keinen Fall satt.

Rudi aß gleich aus dem Topf.
Er war schnell fertig.
Danach knurrte sein Magen.
Er hatte noch mehr Hunger
als vorher.
Und Durst hatte er auch.
Er wusste nie so genau,
wo das eine anfing
und das andere aufhörte.

Hunger und Durst
sind für Vampire
so ziemlich dasselbe.
Rudi nahm eine Kerze
und suchte in allen Schränken.
Aber er fand nur
ein Stück trockenes Brot.
Das ließ er liegen.

2. Kapitel

Eigentlich hätte Rudi Vampir
seine Aufgaben machen müssen.
Aber dazu hatte er
gar keine Lust.
Die Nacht war noch lang.
Der Morgen war weit.
Und seine Eltern waren nicht da.
Ich will auch ausfliegen,
dachte Rudi Vampir.
Ich will hinaus in die Nacht,
am liebsten hoch aufs Schloss!

Ja, das war eine gute Idee!
Auf dem Schloss wohnte nämlich
Graf Benno mit seiner Familie:
mit seiner Frau und drei Kindern,
mit Oma und Opa
und der alten Tante Adele.

Bestimmt schliefen alle
um diese Zeit tief und fest.
Rudi Vampir war schon einmal
oben gewesen.
Mitten im Winter war er
mit seinen Eltern
in einer eisigen Nacht
dreimal ums Schloss geflogen.
Aber sie hatten
kein offenes Fenster gefunden
und zornig geknurrt.
Jetzt war Sommer.
Rudi grinste.
Wieder knurrte sein Magen.

3. Kapitel

In diesem Augenblick
klingelte das Telefon.
Rudi lief hin.
Es war seine Freundin
Igittchen Beißmich.
„Hallo, Rudi!“, sagte sie.
„Kommst du mit zum Spielplatz?
Hast du Zeit?“
„Zeit schon“, antwortete Rudi.
„Aber ich habe auch Hunger.
Mein Nachtessen war
heute sehr mager.“

Igittchen lachte.
„Meins leider auch!
Es gab nur rote Grütze
von gestern.“

Rudi Vampir dachte nach.
Dann sagte er:
„Hör mal, Igittchen!
Spielen können wir morgen.
Wollen wir heute nicht
hoch aufs Schloss fliegen?
Zu Graf Benno
und seiner Familie?“
„Au ja!“, rief Igittchen.
„Ich fliege gleich los.“
„Ich auch!“, sagte Rudi.
„In fünf Minuten
treffen wir uns
an der alten Weide
unten am Bach.“

4. Kapitel

Gesagt, getan!
Igittchen und Rudi
kamen pünktlich zur Weide.
Es war eine herrliche Mondnacht.
Das Schloss lag hinter dem Wald
in den Bergen.
Nach einer halben Stunde
waren sie da.
Eine Fahne wehte vom Turm.
Igittchen und Rudi
setzten sich auf die Stange
und verschnauften ein wenig.

Dann machten sie sich
auf die Suche
nach einem offenen Fenster.
Die Schlafzimmer lagen
im ersten Stock.
In der Mitte schliefen
die gräflichen Eltern.
Links schliefen die Kinder.
Rechts schliefen Oma und Opa.
Und im Eckzimmer mit dem Balkon
schlief die alte Tante Adele.
Rudi und Igittchen kletterten
flink über die Brüstung.
Und richtig!
Das Fenster stand
einen schmalen Spalt offen.
Die beiden kleinen Vampire
schlüpften leise hindurch.

5. Kapitel

Im Zimmer brannte kein Licht.
Doch der Mondschein
fiel hell auf das Bett.
Da lag die alte Tante Adele
und schnarchte sanft
vor sich hin.
Igittchen und Rudi
schlichen auf Zehenspitzen heran.
Plötzlich blieben sie stehen.
Sie schnupperten.
Sie schnüffelten.
Sie sogen witternd die Luft ein.

Dann hielten sich beide
die Nase zu.
„Pfui Teufel!“, wisperte Rudi.
„Wie es hier riecht!“
Igittchen machte
drei Schritte rückwärts.
„Abscheulich!“, flüsterte sie.
„Mir wird ganz schlecht.“
Sie lehnte sich an die Wand.
„Mir auch“, stöhnte Rudi
und hielt sich
am Bettpfosten fest.
Dann beugte er sich
über die alte Tante Adele
und fuhr erschrocken zurück.
„Knoblauch!“, sagte er leise.
„Die Alte hat bestimmt
eine ganze Knolle verspeist.“

Igittchen schüttelte sich.
Sie nahm Rudis Hand
und zog ihn zur Tür.
„Nichts wie weg hier!"
Draußen im Flur
atmeten sie auf.
Rudi grinste und meinte:
„Da hat Tante Adele
ja noch mal Glück gehabt.
Aber jetzt geht es
zu Oma und Opa!"

Er machte die nächste Tür auf
und schlüpfte ins Zimmer,
Igittchen gleich hinterher.
Ein großes Himmelbett
stand an der Wand.
Darin lagen Oma und Opa
zugedeckt bis zum Hals.
Rudi streckte die Hand aus
und zog an der Decke.
Er prallte zurück.
Er prallte gegen Igittchen.
Beide purzelten hin.

Rudi flüsterte:
„Schon wieder Knoblauch!“
Igittchen jammerte:
„Mindestens die doppelte Portion!“
Sie rappelten sich auf
und flitzten hinaus.
Igittchen stöhnte:
„So etwas habe ich wirklich
noch nie erlebt.“
„Nein“, ächzte Rudi.
„Das haut
den stärksten Vampir um!“

6. Kapitel

„Und jetzt?“, fragte Igittchen.
„Machen wir weiter?“
„Na klar!“, nickte Rudi.
„Jetzt probieren wir es
bei den gräflichen Eltern.“
„Ohne mich!“, sagte Igittchen.
„Ich warte so lange
hier draußen.“
Rudi verschwand
hinter der nächsten Tür.
Es verging
höchstens eine Minute
und er war wieder da,
kreidebleich im Gesicht.

Er stöhnte:
„Überall Knoblauch!
Ich weiß nicht,
wer mehr gegessen hat,
der Graf oder die Gräfin."
Igittchen nahm seine Hand
und sagte:
„Los, Rudi!
Wir fliegen nach Hause."
Aber Rudi schüttelte den Kopf.
„Kommt gar nicht in Frage!
Vielleicht haben wir Glück
bei den Kindern."

Er öffnete die nächste Tür
und huschte ins Zimmer.
Igittchen zog er hinter sich her.
Links an der Wand
standen zwei Betten
und eins stand
an der Wand gegenüber.
Die beiden Vampire
blickten sich hoffnungsvoll an.
Zwar roch es nach Knoblauch,
doch längst nicht so stark
wie in den anderen Zimmern.
Sie schlichen nach links.
In diesen Betten schliefen
die beiden ältesten Kinder,
zwei große Jungen
mit dunklen Haaren
und bräunlicher Haut.

Sie sahen
richtig zum Anbeißen aus.
Hätten sie nur nicht
so grässlich gerochen!
Igittchen und Rudi
zogen sich schnell wieder zurück
und schlichen nach rechts.

Dort schlummerte
das jüngste Kind,
ein kleines Mädchen
mit blonden Locken
und rosigen Wangen.
„Mhm!“, machte Rudi.
„Sieht sehr appetitlich aus!“

Igittchen blähte die Nasenflügel.
„Riecht kein bisschen
nach Knoblauch!“,
flüsterte sie.
Sie strahlten sich an.
„Ich zuerst?“, fragte Rudi.
„Meinetwegen!“, nickte Igittchen.
Leise, ganz leise
beugte sich Rudi über das Kind.
In diesem Moment knurrte
laut und vernehmlich
sein Magen.

7. Kapitel

Das kleine Mädchen
schlug die Augen auf
und lächelte freundlich.
Dann sagte es:
„Hallo, Kinder!
Kommt ihr zum Spielen?
Das finde ich toll.
Mitten in der Nacht
spiele ich nämlich am liebsten.“
„Psst!“, machte Igittchen.
„Pass auf, dass deine Brüder
nicht wach werden!“

„In Ordnung!“, sagte die Kleine.
„Große Brüder sind doof.
Sie wollen mich
nicht mitspielen lassen.
Ich bin froh,
wenn sie weiterschlafen.“
Rudi nickte ihr zu.
„Du hast ganz Recht“, sagte er.
„Steh auf und komm mit!
Wir wollen draußen spielen.“
Das Mädchen lachte erfreut
und kletterte schnell
aus dem Bett.
Dann schlichen sie alle drei
aus dem Zimmer.

8. Kapitel

Auf dem Flur
fragte das Mädchen:
„Wie heißt ihr?“
Igittchen Beißmich
und Rudi Vampir
nannten nur ihre Vornamen.
„Ich heiße Laura“,
erklärte das Mädchen.
„Laura von Schönhals.“
„Toll!“, rief Rudi.
„Der Name gefällt mir!“

Igittchen hielt sich
die Hand vor den Mund
und kicherte.
Laura sah die beiden
nachdenklich an.
„Ihr habt komische Umhänge“,
stellte sie fest.
Rudi schlug seinen Kragen hoch.
„Wenn man nachts
viel unterwegs ist,
sind sie sehr praktisch.
Aber nun komm!“
Er reichte Laura die linke Hand,
Igittchen gab ihr die rechte.
Dann rannten sie
über den Flur,
die Treppe hinunter und hinaus
in den Schlossgarten.

Der Mond schien fast so hell
wie die Sonne.
Auf der Wiese
spielten sie Fangen
und hinter den Büschen
Verstecken.
Danach waren sie
ganz außer Atem.

Sie setzten sich auf die Treppe
und ruhten sich aus.
„Du kannst ruhig
ein bisschen schlafen“,
sagte Rudi zu Laura.
„Ja“, nickte Igittchen,
„wir passen gut auf dich auf.“
Aber Laura wollte nicht schlafen.
Sie guckte Igittchen und Rudi
neugierig an.
„Ihr habt ja seltsame Zähne“,
stellte sie fest,
„so spitz und so lang!“
Igittchen drehte den Kopf weg.
Rudi sagte:
„Das liegt bestimmt
nur am Mondschein.“
Laura stand auf.

Sie fröstelte ein wenig
und sagte:
„Lasst uns wieder hineingehen!
Ich will euch das Schloss zeigen."
Rudi und Igittchen zögerten.
Aber was sollten sie machen?
Laura lief schon
die Treppe hinauf.
Da mussten sie hinterher.

9. Kapitel

Laura führte Rudi Vampir
und Igittchen Beißmich
treppauf, treppab
durch das ganze Schloss.
Sie zeigte ihnen den Rittersaal
und die Ahnengalerie,
den Jägersaal
und das Kaminzimmer,
den Speisesaal
und die Bibliothek.
Die beiden Vampire
fühlten sich schwach und elend.

Sie schlichen
mit knurrenden Mägen
und zitternden Knien
hinter Laura her.
Rudi stöhnte:
„Jetzt ist es genug!“
Aber Laura war schon
an der nächsten Tür.
Sie schob ihn
und Igittchen hindurch.
„Das müsst ihr sehen!“, rief sie.
„Dieser Saal
ist der schönste von allen.“

Rudi und Igittchen
erschraken zu Tode.
Wo waren sie hingeraten?
In den Spiegelsaal!
An den Wänden ringsum hingen
bestimmt zwei Dutzend Spiegel.
Und alle zeigten die kleine Laura.
Doch Igittchen und Rudi
waren in keinem zu sehen.
Laura blickte sich um und begriff.
Sie rief:
„Das habe ich mir doch gedacht!
Ihr seid Vampire!
Deshalb habt ihr
so komische Umhänge
und so seltsame Zähne!
Deshalb habt ihr
kein Spiegelbild!“

Wie der Wind lief Laura hinaus.
„Hilfe!“, schrie sie.
„Vampire im Schloss!
Wacht alle auf!“
Rudi und Igittchen
fühlten sich viel zu schwach
um zu fliehen.
Schon trappelten viele Schritte
über den Flur.

Da kamen
der Graf und die Gräfin,
Lauras Brüder,
Ludwig und Leo,
Oma und Opa
und ganz zum Schluss
die alte Tante Adele.
Igittchen schluchzte.
Rudi nahm ihre Hand.

Seine Augen blitzten.
Er rief:
„Wir verwandeln uns.
Los! Du weißt schon.“
Igittchen nickte.
Schnell sagten sie den Spruch,
den sie in der Schule
gelernt hatten:
„Husch – husch, piep – piep!
Ein Flattertier
fliegt um das Haus.
Piep – piep, husch – husch!
Erst ein Vampir,
dann Fledermaus.“
Schon hingen sie beide
als Fledermäuse am Kronleuchter.

10. Kapitel

Die gräfliche Familie
stürmte herein.
Alle blickten sich um.
Laura schrie immer noch:
„Hilfe! Hilfe!
Vampire im Schloss!“
Graf Benno legte ihr
seine Hand auf die Schulter.

„Aber Kind“, sagte er,
„schrei doch nicht so!
Es gibt gar keine Vampire.
Bei uns schon gar nicht!
Oben am Kronleuchter
hängen nur zwei Fledermäuse.
Das sind harmlose Tiere.
Sie haben vor uns
bestimmt mehr Angst
als wir vor ihnen.“
Er ging zum Fenster,
öffnete es weit
und scheuchte
die beiden Fledermäuse hinaus.
„Aber Papa . . .!“, rief Laura.
„Ich will nichts mehr hören!“,
sagte der Graf.
„Wir gehen jetzt alle wieder zu Bett.“

11. Kapitel

Rudi Vampir
und Igittchen Beißmich
flogen als Fledermäuse
nach Hause.
Erst vor Rudis Tür
verwandelten sie sich
wieder zurück.
Im Osten graute der Morgen.
„Bald wird es hell“,
meinte Rudi. „Willst du nicht
lieber bei uns schlafen?“
„Ja, gern“, sagte Igittchen.

Auch Rudis Eltern waren
inzwischen heimgekehrt.
Alle vier setzten sich noch
ein bisschen zusammen.
Die Kinder erzählten,
was sie erlebt hatten.
Rudis Vater zuckte die Achseln
und sagte: „Pech gehabt!
Das kann jedem passieren.
Da muss man hungrig zu Bett.“

Aber die Mutter
verschwand im Keller
und kam
mit einer Schüssel zurück.
Sie sagte:
„Eigentlich ist das für morgen.
Aber ein bisschen gebe ich euch."
Dann teilte sie aus.
„Mhm!", machte Rudi.
„Rote Götterspeise
mit Blutgeschmack!"
„Mein Leibgericht!", sagte Igittchen.
„Ja", nickte Rudi, „meins auch."

Rudi Vampir beim Zahnarzt

1. Kapitel

Rudi Vampir aß gern
etwas Rotes zum Frühstück.
Am liebsten Müsli mit Blut.
Milch mochte er nicht.
Milch war so ekelhaft weiß
und schmeckte nach gar nichts.
Rudi Vampir griff
nach der Blutkanne.
Er goss eine ordentliche Portion
in sein Schüsselchen.
Jetzt wurde alles schön rot:
die Haferflocken,
die Apfelstückchen,
die Rosinen und die Nüsse.

Mmmmh, lecker!
Rudi nahm seinen Löffel.
Er schlürfte das Blut.
Er kaute die Haferflocken,
die Apfelstückchen,
die Rosinen und die Nüsse.
„Aua!“, rief Rudi.
Sein rechter Eckzahn
tat plötzlich weh.
„Was ist los?“,
fragte die Mutter.
„Ich habe
auf eine Nuss gebissen“,
antwortete Rudi.
„Na und?“,
sagte der Vater.
„Das muss ein kleiner Vampir
doch wohl aushalten können.“

„Es hat aber wehgetan“,
jammerte Rudi.
„Ja, wenn das so ist“,
sagte die Mutter,
„dann musst du eben
so schnell wie möglich
zum Zahnarzt!“
Rudi schüttelte den Kopf.
„Es ist schon vorbei“,
behauptete er.
Zum Zahnarzt wollte er nicht.
Er aß sein Müsli
vorsichtig fertig.
Nur die Nüsse aß er nicht mit.

2. Kapitel

In der Schule wurde
die Sache nicht besser.
Rudi Vampir war
längst nicht
so lustig wie sonst.
Und er meldete sich
nicht ein einziges Mal.
Sein Lehrer Herr Beißmich
sah ihn ein paar Mal
kopfschüttelnd an.

In der Pause
wollte Rudi nicht spielen.
Er stand nur
allein in der Ecke herum.

Seine Freundin Igittchen
konnte das nicht verstehen.
Nach der Pause
hatten sie Zahnpflege.
Das war eigentlich
Rudis Lieblingsfach.

Doch diesmal
fürchtete er sich
vor der Zahnbürste.
Er bürstete seine Zähne
längst nicht
so kräftig wie sonst.
Trotzdem schmerzte
sein Eckzahn.
„Aua!“, rief Rudi
und warf die Bürste
vor Wut an die Wand.

Herr Beißmich sagte:
„Ich glaube,
du musst
so schnell wie möglich
zum Zahnarzt."
„Nein", brüllte Rudi,
„ich will aber nicht!"
Dicke Tränen rollten ihm
übers Gesicht.
Sein Eckzahn tat wirklich
schauderhaft weh.

3. Kapitel

Um Mitternacht
war die Schule aus.
Rudi ging heim.
Igittchen ging mit.
Jedenfalls bis zur Ecke.
„Hör mal, Rudi!“,
sagte sie dort.
„Wer Zahnweh hat,
muss zum Zahnarzt.
Das ist doch wohl klar.“
„Ja, schon“, sagte Rudi.
„Aber ich habe ja
gar kein Zahnweh.“

Igittchen sah ihn
nachdenklich an.
Dann fragte sie:
„Magst du ein Eis?
Komm, ich lade dich ein.
Meine Oma hat mir am Sonntag
ein bisschen Geld
in die Tasche gesteckt."
Sie liefen zur Eisdiele.
„Zweimal Blutapfelsine!",
verlangte Igittchen.

Die Sorte mochten sie beide
am liebsten.
Sie setzten sich
auf die Mauer
und schleckten ihr Eis.
„Aua!“, rief Rudi
und warf sein Hörnchen
vor Wut auf den Boden.

„Mein Eckzahn tut weh!“
„Also doch!“,
sagte Igittchen.
„Dann musst du
so schnell wie möglich
zum Zahnarzt.
Vampire brauchen
gesunde Zähne.
Du willst doch nicht
für den Rest deines Lebens
Haferschleim essen.“
Rudi schüttelte den Kopf.
„Na also!“, sagte Igittchen.
„Mein Onkel ist Zahnarzt.
Ich bin schon ein paar Mal
bei ihm gewesen.
Er ist sehr nett
und sehr vorsichtig.“

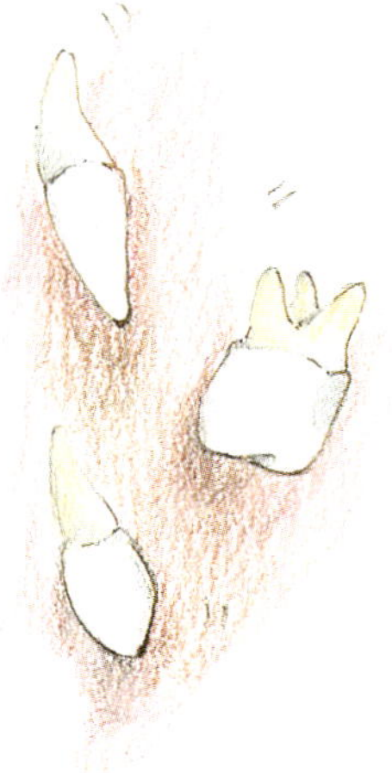

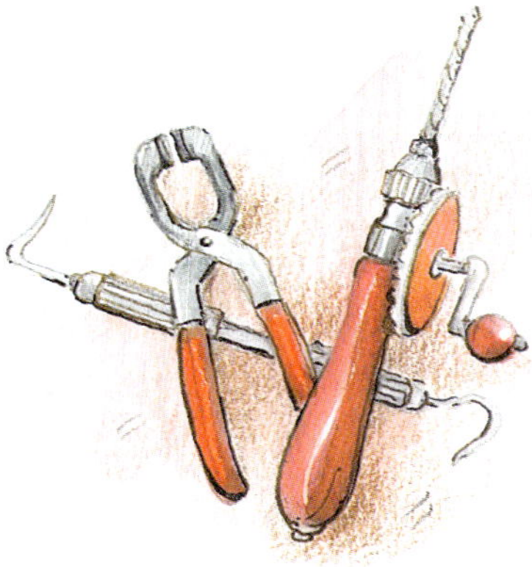

Rudi seufzte
und sagte:
„Ich war noch nie
beim Zahnarzt.
Aber ich habe
schreckliche Dinge
von ihm gehört.“
„Unsinn!“, sagte Igittchen.
„Es ist halb so schlimm.
Das kannst du mir glauben.“
Rudi seufzte
noch einmal.
Dann fragte er:
„Kommst du mit?“
„Na klar“, sagte Igittchen.
Und schon flogen sie los.

4. Kapitel

„Hier ist es!“, sagte Igittchen.
Sie standen
vor einem uralten Haus.
Ein großes Schild
glänzte im Mondlicht.
Darauf stand:

„Das ist mein Onkel“,
sagte Igittchen.
„Er wird dir gefallen.“
Sie schob Rudi ins Wartezimmer.
Da saßen zwei Mütter
mit ihren Kindern,
eine dicke Dame
und ein sehr alter Opa.
Natürlich lauter Vampire!
Das sah man gleich.

Zwei Stühle waren noch frei.
Igittchen und Rudi
setzten sich hin.
„Mein Zahn
tut gar nicht mehr weh“,
behauptete Rudi.
„Das bildest du dir nur ein“,
sagte Igittchen.
„Wenn du nach Hause kommst,
fängt er sofort wieder an.“
Sie nahm eine Zeitschrift
und fing an zu blättern.
„Guck mal!“, sagte sie.
„Das ist
ein interessanter Artikel
mit tollen Bildern.“
Der Artikel hieß:
„Draculas muntere Enkel“.

Die Bilder zeigten
junge Vampire aus aller Welt.
Igittchen und Rudi
steckten die Köpfe zusammen.
Sie lasen und schauten.

Ab und zu kam ein Vampirfräulein
im weißen Kittel
und sagte:
„Der Nächste, bitte!“

5. Kapitel

Als die Glocke
drei Uhr früh schlug,
war Rudi Vampir an der Reihe.
Er folgte dem Fräulein
im weißen Kittel ins
Sprechzimmer.
Igittchen ging mit.
Doktor Bohrmich wartete schon.
„Hallo, Onkel Benno“,
sagte Igittchen.
„Das ist mein Freund Rudi.
Sein Eckzahn tut weh.“

Doktor Bohrmich
lächelte ihnen entgegen.
Er hatte prächtige Zähne,
lang und spitz,
weiß und gesund.
„Hallo, Rudi“,
sagte er freundlich.
„Dann setz dich
nur gleich auf den Stuhl!“
Rudi gehorchte.
Doch auf dem Stuhl
gefiel es ihm gar nicht.

Doktor Bohrmich nahm
einen kleinen silbernen
Haken und sagte:
„Nun mach den Mund auf!“
Rudi schüttelte den Kopf.
Doktor Bohrmich
runzelte die Stirn.
„Junge!“, rief er.
„Du hast doch
nicht etwa Angst?“
Rudi gab keine Antwort.
„Mein Freund ist noch nie
beim Zahnarzt gewesen“,
erklärte Igittchen.
„Na, so was!“,
rief Doktor Bohrmich.
„Kein Wunder,
dass er Zahnschmerzen hat!“

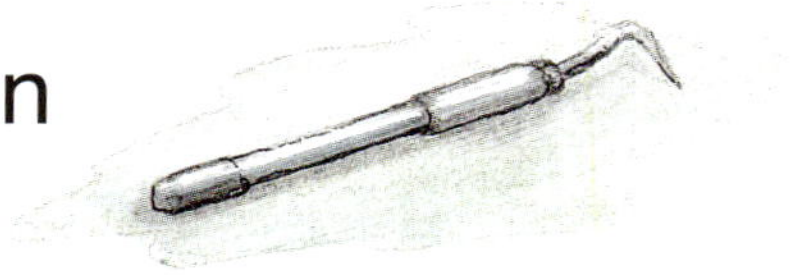

Dann schickte er Igittchen
ins Wartezimmer.
Er wollte lieber
mit Rudi allein sein.
Wieder nahm er
den kleinen silbernen Haken.
Da ging die Tür auf.
Das Fräulein im weißen Kittel
schaute herein.
Sie sagte: „Herr Doktor,
können Sie bitte
ans Telefon kommen?"
Doktor Bohrmich eilte hinaus.

6. Kapitel

Rudi Vampir atmete auf.
Da hatte er ja
noch mal Glück gehabt!
Er rutschte vom Stuhl.
Nichts wie weg!
Oder doch nicht?
Vielleicht sollte er sich
lieber verwandeln.
In eine Fledermaus!
Wie er es
in der Schule gelernt hatte.

Schnell sagte er den Spruch:
„Husch – husch,
piep – piep!
Ein Flattertier
fliegt um das Haus.
Piep – piep,
husch – husch!
Erst ein Vampir,
dann Fledermaus."
Schon flatterte Rudi
als Fledermaus durchs Zimmer.
Er flatterte zur Decke hinauf
und hängte sich kopfüber
an die Lampe.

7. Kapitel

Doktor Bohrmich
staunte nicht schlecht,
als er hereinkam.
Er blickte sich überall um.
Endlich sah er zur Lampe hinauf
und entdeckte die Fledermaus.
Da musste er lachen.
Denn er wusste sofort,
wer sich dahinter versteckte.
Er war schließlich
selbst ein Vampir.

„Junge“, rief er,
„du kommst sofort da herunter
und verwandelst dich
wieder zurück!
Sonst kann ich
dich nicht behandeln.“
Doch die Fledermaus
schaukelte nur hin und her
und flatterte mit den Flügeln.
„Na warte!“,
rief Doktor Bohrmich.
„Was du kannst,
kann ich schon lange.“
Er dachte einen Augenblick nach.

Dann sprach er:
„Ruft der Uhu,
schreit die Eule,
hört man auch
des Wolfs Geheule.
Plötzlich ist er selber da.
Keiner weiß, wie es geschah."
Schon war Doktor Bohrmich
verschwunden.
An seiner Stelle
stand nun ein großer Wolf
und knurrte
zur Decke hinauf.
Die Fledermaus lachte.
Sie schaukelte weiter und rief:
„Donnerwetter!
Hast du das
in der Schule gelernt?"

„Klar!“, knurrte der Wolf.
„Verwandeln war immer
mein Lieblingsfach.“
„Komisch!“,
lachte die Fledermaus.
„Warum nicht Zahnpflege?“
„Ablenken gilt nicht!“,
knurrte der Wolf.
„Komm jetzt
sofort da runter!“
Die Fledermaus kicherte.
„Komm du doch hier rauf!
Oder kannst du nicht?“
Der Wolf schüttelte zornig
den Kopf.
Natürlich konnte er nicht!
Er hatte ja keine Flügel.
Oben kicherte es lauter.

„Warum verwandelst du dich
nicht in eine Fledermaus?
Dann hast du Flügel wie ich."
Der Wolf dachte nach.
„Stimmt!", sagte er dann.
„Aber nimm dich in Acht!
Wenn ich hinaufkomme,
wirst du
dein blaues Wunder erleben."
Im Handumdrehen
verwandelte er sich
in eine Fledermaus
und flatterte nach oben.

8. Kapitel

Wirklich geschah nun
eine Art Wunder.
Kaum hing Doktor Bohrmich
nämlich neben Rudi an der Lampe,
hatte er alles vergessen,
was er als Zahnarzt gesagt
und als Wolf geknurrt hatte.
Jetzt wollte er nur noch schaukeln
genau wie Rudi.
Schaukeln war herrlich!
Schaukeln war toll!

„Juchhuuh!“, riefen sie beide
und kamen tüchtig in Schwung.
Im Wartezimmer
spitzte Igittchen die Ohren.
Sie konnte sich
das fröhliche Jauchzen
im Sprechzimmer
gar nicht erklären.
Was war denn da los?
Eine Weile wartete sie ab.
Doch nach dem zehnten
„Juchhuuh!“
rannte sie flink hinüber
und riss die Tür auf.

Na, so was!
Da hingen zwei Fledermäuse
an der Lampe
und schaukelten
um die Wette.
Igittchen begriff.
„He Rudi!“, rief sie.
„He, Onkel Benno!
Ich glaube, ihr spinnt alle beide!“
Die Fledermäuse erschraken.
Zweimal machte es „plumps“,
dann lagen sie unten.
Igittchen überlegte nicht lange.
Schnell sagte sie:
„Flattertiere,
seid Vampire!“
Und schon waren
die Fledermäuse verschwunden.

An ihrer Stelle hockten nun
Rudi und Doktor Bohrmich.
„Ihr macht vielleicht Sachen!“,
sagte Igittchen.
„Habt ihr mal
aus dem Fenster geguckt?
Draußen wird es schon hell.“
Die beiden blickten
erschrocken zum Fenster.
Dahinter graute der Morgen.

9. Kapitel

Im nächsten Augenblick
saß Rudi Vampir auf dem Stuhl
und Doktor Bohrmich
beugte sich über ihn.
„Na endlich!“, sagte Igittchen.
„Wenn ihr euch beeilt,
seid ihr fertig,
ehe die Sonne aufgeht.“
Rudi zitterte.
Trotzdem nickte er tapfer.
„Nur zu!“, sagte er.
Dann schloss er die Augen
und machte den Mund auf.

Igittchen hielt seine Hand.
Doktor Bohrmich tat,
was getan werden musste.
Er tat es schnell und geschickt.
Rudi hörte den Bohrer,
aber er spürte ihn kaum.

Und wirklich,
bald sagte der Doktor:
„Na, siehst du,
jetzt ist dein Eckzahn
wieder wie neu.
Du kannst damit beißen
und nagen und kauen,
so viel du Lust hast
und so lange du willst."
Rudi strahlte
und hüpfte vom Stuhl.
Nichts tat ihm mehr weh.
Plötzlich hatte er
schrecklichen Hunger.

10. Kapitel

Rudi Vampir rannte zur Tür.
Igittchen erschrak.
Es wurde ja draußen schon hell!
„Bleib hier!“, rief sie laut.
Der Doktor nahm Rudi
beim Kragen und fragte:
„Was hast du vor?“
Rudi sah ihn ärgerlich an.
„Ich will mein Abendbrot!“,
schrie er.
„Seit dem Frühstück
habe ich nichts mehr gegessen.“

„Willst du nach Hause?“,
fragte der Doktor.
„Nein“, schrie Rudi,
„ich will hinunter ins Dorf.
Der Bürgermeister
hat eine bildschöne Tochter.
Die schläft jede Nacht
bei offenem Fenster.
Ich teile sie mir
mit Igittchen.“

Doktor Bohrmich lachte.
„Ja, vielleicht morgen!
Heute bleibt ihr im Haus."
„Warum?", fragte Rudi.
Igittchen zeigte zum Fenster.
Da färbte der Himmel sich rot.
„Mist!", sagte Rudi.
„Und was machen wir jetzt?"
Doktor Bohrmich
zog alle Vorhänge zu.
„Jetzt bleibt ihr bei mir",
sagte er freundlich.
„Ich habe tagsüber oft Gäste.
In meinem Haus
gibt es Särge genug."
„Gibt es auch etwas zu essen?",
erkundigte sich Rudi.
Doktor Bohrmich nickte.

„Und ob!“
Sie gingen alle drei
in den Keller.
Da war eine schöne Wohnung
mit einer gemütlichen Küche.

Igittchen und Rudi
deckten den Tisch.
Es gab Blutwürstchen
mit Kartoffelsalat,
Blutegel in Butter
und zum Nachtisch
Grießpudding mit Blutsoße.
Rudi konnte von allem
gar nicht genug kriegen.

Als er satt war,
sagte er:
„Mmmh, das war toll!“
Doktor Bohrmich lachte.
„Mit Zahnschmerzen
hätte es dir
nicht so gut geschmeckt.“
„Stimmt!“, sagte Rudi Vampir.
„Aber ohne Zahnschmerzen
schmeckte es
mindestens ebenso gut
wie die Tochter
des Bürgermeisters!“